opções para morrer no espaço

editor
eduardo lacerda

assistentes editoriais
amanda vital, gabriel santana, içara bahia,
joão vitor nascimento, raquel alves, ricardo escudeiro

capa, diagramação e projeto gráfico
roseli vaz

administrativo e comercial
pricila gunutzmann

administrativo e marketing
sofia fernandez gunutzmann

expedição
sheila gomes

eventos
flávio rodrigues

---

catalogação na publicação
elaborada por bibliotecária janaina ramos – CRB-8/9166

v476o

veras, dalila teles

opções para morrer no espaço / dalila teles veras. – são paulo: patuá, 2024.

120 p.; 14 x 21 cm

isbn 978-65-5864-869-7

1. poesia. 2. literatura brasileira. I. veras, dalila teles. II. título.

cdd 869.91

índice para catálogo sistemático
I. poesia : literatura brasileira

---

editora patuá - livraria patuscada
rua luís murat, 40
vila madalena - são paulo - sp
(11) 96548-0190
editorapatua@gmail.com
www.editorapatua.com.br

dalila teles veras

opções para morrer no espaço

são paulo, 2024

PATUÁ
EDITORA

"É sempre mais difícil ancorar um navio no espaço"
Ana Cristina Cesar

sumário

I...........9
II...........11
III...........13
IV...........15
V...........17
VI...........19
VII...........21
VIII...........23
IX...........25
X...........27
XI...........29
XII...........31
XIII...........33
XIV...........35
XV...........37
XVI...........39
XVII...........41
XVIII...........43
XIX...........45
XX...........47
XXI...........49
XXII...........51
XXIII...........53

XXIV.....55
XXV.....57
XXVI.....59
XXVII.....61
XXVIII.....63
XXIX.....65
XXX.....67
XXXI.....69
XXXII.....71
XXXIII.....73
XXXIV.....75
XXXV.....77
XXXVI.....79
XXXVII.....81

alguma fortuna crítica (excertos).....83

obras publicadas.....109

poesia publicada em coletâneas e antologias
no brasil (as principais).....111

poesia publicada em antologias e coletâneas
no exterior (algumas).....114

I

ao acordar mamão papaia salpicado de aveia
mel um punhado de uvas-passas sem sementes
três castanhas-do-pará pão francês na chapa
com manteiga café expresso duplo e um triplo
sentimento de culpa pela fome alheia

na manhã ainda aqui dentro a tv ligada
para ninguém ensina como aprender a
fazer linguiça e vestidos de crochê e bordados
e como transformar desempregados esfaimados
em empreendedores de sucesso imediato
basta correr atrás de seu sonho diz o coach

ao cair da tarde pelas ruas motoristas de
aplicativos transportam encomendas e gente
motociclistas e ciclistas entregam pizzas
rouco vendedor de brigadeiros no farol apregoa
correm todos atrás do tal sonho empreendedor
sem discernir exatamente o que seja isso

à noite em camas insalubres quando as há os
fodidos mal pagos e endividados entregam-se
ao sono da exaustão e confusamente sonham
sonhos impostos e alheios
acreditando-os seus

II

os estados unidos da américa preparam-se para
a nobre tarefa de compostagem de humanos em
muito pouco espaço de tempo a humanidade estará
programada para ser mais-valia *post mortem*
                                                                composto orgânico
produto disputado na cadeia alimentar
incomparável na fertilização do capital financeiro

quem ainda acreditará em fogo-fátuo e boitatá

quem contará histórias à noitinha para crianças
                                                        feitas de espanto e
aceitação do mistério
                                                        medo bom do escuro
?

tola acalentei uma ideia mais edificante para
aquilo que será meu corpo morto
                                                                        cadáver estelar
resíduo soprado no cosmo
                                                    expectativa menos aviltante

III

até o ano dois mil e vinte e dois a nasa
descobriu duzentos e dezenove exoplanetas
e abre caminho para a descoberta de vida
extraterrestre fora do nosso sistema solar

no minúsculo planeta onde está situada
megainvestidores magnatas do dinheiro
e do poder miram nos indefesos terráqueos
o seu já muito bem planejado metaverso

meta das metas e em meta já nominado
marca antecipadora do ainda desconhecido
à meta logomarca prévia acrescentar-se-á
o vocábulo verso e aí adeus será tarde

suas vítimas atraídas tela adentro da i.a.
cérebros remexidos e em zumbis trans
                                        formadas
dali sairão sem saber o que são

esse tal verso nem poesia é muito menos ficção
realidade não é qualquer outra coisa outra coisa
menos música poema arte literatura gente

IV

já na maturidade entrando na velhice
fizeram um trato e assinaram com risos
daí em diante seriam três velhas damas indignas

do lavrado documento que dentre outros incluía o
caminharem juntas rirem de si mesmas e conspirarem
insubordinadas até o fim unidas pela transgressão

a primeira cabelo vermelho-fogo
cerveja na mão e gargalhada fácil
não mais se importava de entornar
o copo nem das consequências da distração
no dia seguinte confessava rindo
que o carro amanheceu no mesmo lugar
mas não se lembrava de o ter estacionado lá
bastava-lhe a alegria sem preocupações

a segunda lábios vermelhos
constantemente retocados
recebera do velho amigo
encantado com seu passado
o codinome de vermelha
vermelha em suas convicções jamais
abandonadas nem mesmo durante a tortura
nem com a mudança de nome após a
temporada no dops e as agruras do viver
vermelha para sempre seria

a terceira e menos velha das três
proponente do nome do trio leitora de
brecht e outros poetas/pensadores/políticos
estudava-as com atenção epigonista
e desejos libertários de tudo o que de
nascença herdaram e nelas era natural

conspiradoras provocadoras irritantes
por mera diversão e prazer hedonista
as três velhas damas reforçariam
seu intento em cada copo tombado
em cada prato de caldo sorvido
em cada audição de amália
em cada leitura de poemas
seguidos de muito riso e café

mas eis que o fado temido
levou a vermelha primeiro e
a seguir a de cabelo de fogo
deixando a terceira em desamparo
sem perspectiva de recomposição do trio

V

fujo dos lobos aos uivos em minha direção
ouço o estalido das folhas de outono sob meus pés
e nem de longe isso lembra o som da marcha em fúria
cascos sobre o asfalto juvenis provocações e enfrentamentos

passar ao largo agora é questão de sobrevivência
– impotência disfarçada de arrogância –
em passos lentos dá-se a meia-volta
olhar dirigido para o nada absoluto

arma cortante do silêncio em contrapressão aos
ruídos exagerados
                    pura estratégia de guerra não declarada

VI

o rubicão ali está e precisa ser atravessado
na margem a poeta e seu pálido poema hesitam

diante do incontornável ponto sem retorno
funda-se o gesto destemido e ação determinante

antes do mergulho

cantarola uma canção para embalar utopias
e braços flácidos nada e afunda nada e afunda

VII

no começo era apenas uma palavra suspeita
com significados desconhecidos e a legitimar

mal aprenderam a soletrar a indesejada
foram presenteados com outra variante
tão desconhecida quanto a já agora
familiar e intimidatória nova peste

em sua letalidade insaciável fez-se
respeitada e temida pelos mais lúcidos
desprezada pelos lunáticos plantonistas

após a primeira onda segunda onda
terceira onda quarta onda   a guerra
batalhas travadas no escuro entre ciência
e obscurantismo subestimado
                              saldo aterrador

milhões de infectados setecentos mil mortos
outros milhões de brasileiros enlutados
dois anos a tentar conhecer o inimigo
sensação de trégua tímida temerosa
sinais de retorno à vida e ao idealizado

eis que novas descobertas novas ordens
o mundo volta a girar
                    desta vez ao contrário

VIII

o barco prestes a largar e a passageira ainda arruma a bagagem
nos confusos acúmulos afetivos tenta escolher entre as botas
caramelo e as sandálias vermelhas o vestido justo florido ou
o kaftan azul mediterrâneo o livro de poemas ou um romance

um marinheiro à paisana lhe diz que nada disso será necessário
enlaça-a com tamanha ternura que está perto do convencimento
mas a passageira insiste na incerteza do retorno dispensa
[o visitante
manifesta o desejo de ficar próxima dos seres que ama

afinal o navio partiu no horário e não deu pela falta da passageira
perdida no intransponível congestionamento do enlevo onírico
no desejo de permanecer um pouco mais no calor da terra mãe
aconchega-se aos desmedidos pertences e deles faz um ninho

IX

a draga afunda seus tentáculos no solo e
o cobiçado metal nela detectado é extraído
duas crianças yanomami brincam ao lado
na terra que é deles por lei e ancestralidade

por distração ou propósito engole a draga
os meninos
misturadas à lama e ao minério escavados vão
as crianças vermelhas para a esteira e o descarte
desde sempre incômodos desde sempre rejeitos

mais à frente arde o verde e tudo vai se tornando
castanho troncos calcinados e terra violada
ilegal o primeiro ato assassinato o segundo
crimes hediondos ambos de invisível autoria

draga e fogo saqueiam fogo e draga expulsam
avançam retiram avançam queimam avançam matam
amparados avançam amparados e impunes avançam
floresta adentro floresta adentro floresta não resta

amparada em giorgio agamben indago
desde quando a casa queima
conseguiremos respirar entre as chamas
?

X

empapada de suor e espanto constato
encontro-me ao lado do inimigo e sou
tratada com meneios e falsas amabilidades

no apertado fusca meia um verde clarinho
mostra-me as peças originais item de colecionador
pergunto-lhe se está à venda e quanto custa

notório vendilhão de imóveis e patrimônios públicos
não hesita em dizer que sim e põe o preço
miseráveis dois mil reais mais as custas da dívida

larga o carro comigo e sai cumprimentando simpatizantes
identificados com seus toscos gestos suas palavras rudes
seu discurso destituído de conteúdo sua figura patética

o ar rareando escancaro as janelas do quarto e deixo
a paisagem adentrar pesadelo adentro

XI

caminho a meio desvencilho-me da carga
ombros leves e pernas lépidas contorno
a praça da rosa dos ventos aspiro o jasmim
e sigo para o sul onde não conheço ninguém

descalço as botas e sinto a terra escaldar minhas
entranhas subir em fluidos a dilatar o cérebro
nada mais me prende ao lugar nem gente nem coisas
apenas sentir o caminho como sugere rebecca solnit

energias recebidas e a mim mesma reintegrada
retorno a casa pelo hábito em deixar-me ficar
reinterpretar os secretos sentidos debaixo do
meu teto da cama macia e dos livros à espera

XII

no ritmo das batidas aceleradas para além do costume
o torniquete em torno do peito cada vez mais apertado
o cheiro das tragédias e de seres em decomposição   arfo

imaginar-se aquela mulher do romance de saramago
única a enxergar entre cegos implica responsabilidades
representa peso brutal colisões entre humanos ao redor

a negação diante do já largamente (re)conhecido
transforma algum saber em sofrimento e o argumento em
exaustão o ser humano é cruel na sua essência   respiro

seres impermeabilizados só (re)conhecem a si mesmos

XIII

decidida a cumprir a tarefa imposta com seriedade e empenho
posicionada à frente da tela luminosa dedos descarnados sobre
o teclado aguardo a primeira frase dada por algum insuspeito
escaninho da memória ou dicas da imaginação criativa

as mãos agora já dormentes e o cérebro em brasa soletram
nada hoje nada há vários dias nada há semanas nada
ato contínuo pulo para as páginas do pesado volume ao lado
e é wislawa szymborska que me socorre com sua cortante
ironia – *Tá bom. Tá bom. Mas agora dorme.*
É noite e amanhã te esperam coisas mais urgentes.

XIV

no passado tinha um sonho recorrente e prazeroso
podia voar sem auxílio de asas ou qualquer aparelho
bastava um impulso e sem nenhum esforço penetrava
na paisagem de um quadro de chagall cuja personagem
era eu mesma
                    com leveza mapeava os feios telhados do caos
urbano antenas fios emaranhados luz telefonia internet

ainda assim era bom planar acima de todas as misérias
eliminar o tempo e o espaço paleta de cores à escolha
guiada pela intuição cromática desviava o rumo do centro
e o centro estava sempre fora do centro   pulsava

XV

mil novecentos e quarenta e seis silenciados os canhões
restavam do mundo apenas destroços e pessoas tristes
mutilados de guerra viúvas mães sem filhos crianças
sem pais amigas sem amigos homens e mulheres a
vasculhar possibilidades de refazer o que já não era

da guerra grande à mais pequena é bom lembrar
nenhuma delas é tão pequena a ponto de não matar
e destruir depois a terra vai girando e gerando homens
ainda mais desolados dotados de problemas de convivência
humana sequiosos de ouro e sangue petróleo e poder

inventar e armazenar ogivas mísseis balísticos de alcance
internacional bombas subterrâneas e armas submarinas com
efeitos destrutivos inimagináveis capazes de causar
tsunamis radioativos de quinhentos metros de altura tem
sido a grande tarefa dos últimos três quartos de século

até que chiliques imperiais dos dois extremos do planeta
homens mimados e sempre insatisfeitos vão à guerra sem
à guerra irem o melhor seria dizer que mandam à guerra
os que para a guerra nasceram e predestinados morrerão
afinal para anexar mais poder ao poder e mais terra à própria
terra é necessário e urgente queimar o acúmulo estocado
de homens e arsenal

quando desaparecer este meu corpo sobrevivente de
hecatombes
os escombros serão maiores e intransponíveis
as pessoas mais tristes e a solução talvez seja o
embarque numa espaçonave com destino incerto

li alhures que há duas opções para morrer no espaço

se o desenlace ocorrer em baixa órbita terrestre o que significa
num espaço semelhante a uma estação espacial internacional
o corpo ficaria orbitando a terra por alguns anos até perder
velocidade cair e virar uma estrela cadente
pegar fogo a seguir e ser consumido antes de chegar ao solo

caso o óbito ocorra no espaço profundo
o corpo ficará vagando para sempre
como um asteroide

ao completar setenta e seis anos
deixo manifesto meu desejo impresso
quero permanecer a vagar na órbita do sol
mínima e incapturável

XVI

a arqueóloga britânica rws no seu recente livro – parentes
o amor a morte e arte neandertal – texto destinado à divulgação
científica inclusive para leigos nos diz que é equivocada a ideia
disseminada há cerca de duzentos anos de sermos descendentes
diretos do neandertal assim como aquela ilustrativa imagem
[de seres
em fila da esquerda para a direita sendo que o primeiro é um
chimpanzé o penúltimo um neandertal e o último um
[homo sapiens

assegura-nos a pesquisadora que neandertal e sapiens eram
[na verdade
parentes e que por milênios viveram na terra como duas ou mais
humanidades e ao contrário do que nos ensinaram o
[neandertal possuía
capacidades cognitivas e habilidades de esculpir pedras e ossos
e pasme-se até talento para contar histórias tinham esses nossos
[primos distantes

dominaram por mais de trezentos e cinquenta mil anos ou mais
um extenso território que seria onde hoje estão localizados
[o oriente médio e a europa

o que mais me surpreende nas descobertas da cientista é o
[levantamento
do que teria motivado a extinção do homo neandertal e algumas
possibilidades levantadas seriam a combinação de diversos
[problemas

como fatores climáticos que impediam sua locomoção para obter
comida e sublinhe-se por uma provável epidemia viral
[ou bacteriana

diz a pesquisadora que passados tantos milhares de anos parte do
dna daqueles parentes distantes permanece em nós o que
[me leva a
pensar que a epidemia planetária que tantos de nós já dizimou
por maldição destino ou fatalidade seja a mesma daquelas
[priscas eras

ao fim e ao cabo não era exatamente essa informação que buscava ao
ler distraidamente o jornal numa manhã de domingo conhecimento
inútil que de nada me valerá nestas vésperas do fim do mundo

XVII

não são de hoje as noites insones e maquinações
das quais saio enriquecida de mais horrores
inquietações e questionamentos sem resposta

como construir uma arca anfíbia carregada
de destroços com ilimitada capacidade de
voo sem necessidade de abastecimento
sem destino definido e a zilhões de anos-luz

como inventar uma máquina recuperadora
de cérebros em evidente estado de deterioração

como reinventar a humanidade que não deu certo

como
?

XVIII

passou da hora de lamentar aquilo que deveria ser e não foi
estudar astrofísica e entender os fenômenos da varredura
telescópica do céu
                    saber o que é matéria e energia escuras
a quem isso interessa
                    ou
                    avaliar os motivos da china finalmente
conduzir a prospecção do solo marciano
                    feito esse conquistado apenas
pelo império do hemisfério norte
                                nosso poderoso vizinho

passou da hora de lamentar não ter estudado filosofia para
melhor dialogar com as furiosas investidas de marilena chauí
não ter realizado a viagem a machu picchu por medo do
                                                [efeito das
alturas e pela mesma razão não ter subido de elevador
                                              penhasco acima
do porto de santorini até fira
                          deixando a branca e azul arquitetura
                                                 apenas como
motivo dos cartões postais
                               no sonho perdido e fracassado

XIX

em dia de choques termelétricos no coração o corpo exposto
a temperaturas tamanhas e ainda não estudadas sequer reage

em dia ensolarado de brilho intenso e suspeita melancolia
vive-se com a intensidade de uma viagem supersônica

em dia não agendado uma erupção solar violenta provocará
um apagão silencioso de aproximadamente uma hora na terra

em dia incerto sem agendamento prévio sem alarde
este corpo velho e cansado em estado de pura exaustão

também desaparecerá silenciosa e desapercebidamente
nenhum dos fenômenos naturais será sequer percebido

XX

o espaço-tempo vivido-decorrido em dois anos
hiato entre duas décadas e o restante se houver
transformou-se em inimagináveis buracos negros
devoradores de luz e produtores de escuridão
e não se tratou de fenômeno do sistema solar
nem previsões da teoria da relatividade geral
mas apenas erros de cálculo e falhas estratégicas
de humanoides zumbis terraplanistas bélicos
foi então que a terra pequeno astro sem luz
sem inteligência sem humanidade sem futuro
sucumbiu debaixo da estrela central do sistema
única fonte de luz e energia cadáver adiado
rebaixado a nanico planeta exposto à indiferença
do universo em permanente expansão

XXI

em meio a frases para eventuais epígrafes
anotadas na sebenta de capa azul-anjinho
convivem anotações para palestras e poemas
excertos de notícias falas alheias contas a pagar

nas cento e sessenta páginas sem pauta
preenchidas a lápis e letra apressada
a partir do dia vinte do nove de dois mil e vinte
listas várias de compras farinha arroz feijão azeite
papel higiênico detergente água sanitária sabonete
frutas legumes iogurtes queijo goiabada e pão
substituição de cortinas varais e estofados
consertos de torneiras que pingam aquecedor
a gás que produz fumaça lavadora barulhenta
ligar para seguradora e gerente do banco marcar
consulta com geriatra retirar medicamentos na
farmácia de manipulação enviar pix para s doc para v
astrofísicos emitem notícias aterradoras sobre o planeta
[em pane
cientistas políticos e suas análises brasílicas aterrorizantes
militares estrategistas traçam mapas e apontam destruição

anotar para lembrar copiar para guardar
porventura
um poema radicalmente ready-made e *déjà vu*
ou talvez
o fogo o esquecimento

XXII

somos duas em permanente duelo de ideias e culpas
qual delas determina quem manda e quem obedece é uma
questão a ser desvendada desatada resolvida malgrado
o uso ardiloso de truques mentais golpes brancos em si
mesmas sempre à mercê da culpa e da angústia diante de
uma suposta insuficiência de justificativas que digam
quem impõe as obrigações que não interessam nem são
desejadas tudo é uma questão de ângulo e ponto de vista
uma provoca e a outra sofre de ansiedade diante do devir

semana a semana ambas são confrontadas e se miram
a fundo medem seu movimento interno e se postam
diante do dilema em encarar de frente a finitude humana
e não deixar nada para depois nem mesmo as legítimas
frustrações diante do real inalcançável e insofismável
dos pequenos desejos dos ínfimos gestos das coisas
sempre grandiosas demais para serem merecidas pelos
poucos méritos de uma e a impetuosidade da outra
que acredita não haver saída para o labirinto criado

o encontro dessas almas cruelmente feridas jamais se dará
e caso se desse haveria as inevitáveis acusações mútuas
e até mesmo palpites de uma outra que vive nas brumas do
espírito e pertence a uma família de trolls que habitava as
florestas da noruega e de lá foi trazida no porão de uma
aeronave comercial a criatura não pode sair à luz do dia sob
pena de transformar-se em pedra alimenta-se de irrealidades
inútil batalha do trio sem vencedoras nem vencidas debate do
ser e da vontade em guerra contra a banal existência biológica

XXIII

dentro da noite breu apresso o passo assustado
não conheço o caminho e a lama dificulta o andar
recrimino a mim própria pela teimosia da escolha
tento seguir mas os sapatos chapinham retardam o
caminhar aumentam o medo e a aurora tarda

não raro sonhos soturnos abalam meus nervos
cotidiano assaltado por realidades assemelhadas
noite misturada ao dia expande o pesadelo os ombros
envergam sob a insustentável carga em curto-circuito
transfigurá-los em poesia é vingança servida quente

XXIV

trinta e três milhões de brasileiros passam fome
e dizem as estatísticas encontram-se
abaixo da linha da pobreza e da dignidade

trinta e três milhões de brasileiros com fome
trinta e três milhões de brasileiros com
trinta e três milhões de brasileiros
trinta e três milhões

tem gente com fome
tem gente com fome
tem gente com fome
cantou aquele poeta setenta anos
atrás

exatamente a mesma época à qual
tristemente o brasil retrocedeu

XXV

não mais do que uma simples palavra para abrir a fenda
ilusoriamente fechada pela pá de tempo de cal e de mágoas

não mais do que um aceno e um nome
não mais do que um convite repetido

e volta o sangue a jorrar misturado ao pútrido vocábulo
evoca o que não deveria evocar já agora incandescência

renomear é revolver a camada mais funda do inferno
é gravar em brasa um poema ditado pelo anjo expulso

sem começo nem final sem vírgulas ou qualquer pontuação
palavras a palo seco
                gastas é verdade
                mas sem remendos

XXVI

após gastar um bom tempo na escolha de armações
para abrigar as novas lentes receitadas pelo médico
uma pequena fortuna parcelada no cartão de crédito
recebo um mimo do capital como quem esfola e sopra

um vaso de minúsculas orquídeas roxas ao peito
botas e echarpe vermelhas sobre fundo bege claro
desço devagar *la rambla* suburbana da metrópole
representação involuntária na suposta busca da poesia

os cheiros revelam a hora e a fome dos transeuntes
lanchonetes e pequenos restaurantes em plena ação
um jovem esguio e dançante toca reggae em sua guitarra
ninguém reduz o passo e nada de moedas a tilintar

pouco anda a fila do restaurante popular a um real
só aumenta e resignada estende-se quarteirão abaixo
aos costumeiros e esfaimados cidadãos sem teto
juntaram-se os mal pagos e os desempregados

haverá representação possível destas cenas vívidas
absorvidas por enevoadas retinas vindas das sombras
clareadas subitamente pelo que já parece simulacro
?
infectada de vida retorno ao claustro e na penumbra
tomo nas mãos a sebenta estourada por não ideias
anoto quadro a quadro o vivido e construo o roteiro
ou
sigo às cegas com a sombra dos anos e da peste
a encobrir desejos e sedução pela realidade alheia
?

XXVII

músculos relaxados membros imóveis nenhuma dor
do corpo apenas o cérebro fresco é percebido desperta
a mente permite que assim permaneça o invólucro

o poema se insinua na projeção trêmula de luz no teto
do quarto tudo o mais fica ainda na penumbra do sono
e todas as intenções ficam concentradas naquela luz real

o poema nasce de patas bambas como o bezerro que
vi nascer um dia no sertão e ajudado por um vaqueiro
ainda fraco mas decidido se pôs em pé pelo imperativo

categórico da sobrevivência e decifração de mundos
aprendizado empírico permanente sem data para acabar

no poema
        o eventual aprendizado renasce pleno
                                apenas no leitor

XXVIII

fugias de mim em meio aos cabides repletos de couros macios
suéteres de caxemira e perfumes franceses na loja do aeroporto
não percebi se chegavas ou partias o certo é que te escondias

teu comportamento infantil remetia às peraltices da própria filha
quando ainda muito pequena gostava dessa brincadeira mas a
esta altura a tentativa de esconder-se é mera fuga ao
[enfrentamento

em idade que nem de longe lembra ou se assemelha àquela
pura birra senil a mudança de lado contaminação por
[radioatividade tóxica
desgraçadamente revelada tanto no pesadelo quanto nas
[telechamadas

XXIX

beijaram-se à despedida júlia desviou a boca da face para os lábios de
lídia que atordoada coração acelerado fez um gesto de como assim
num riso sedutor júlia repetiu o beijo e a plateia surtou na atmosfera
fumacenta da madrugada de um domingo inaugural e
[desestruturante

revelado o mistério que assaltara júlia desde o início da festa
[quando passou a
pensar apenas naquele sorriso e na voz que vinha de um
[mundo a desvendar
de uma boca a provar de sensações inexperimentadas de
[geografias a percorrer
seria ali naquele momento ou porventura nalguma
[eternidade duvidosa

para frustração da plateia presente àquele instante anunciador
[de alimento
para notícias especulações entrevistas capas de revista buchichos
[e palcos
ninguém até os dias presentes conseguiu por nenhum meio saber
[se houve mais

XXX

um corpo deveria ser um objeto sagrado e assim ser respeitado
um corpo é um objeto sagrado e nem por isso é respeitado

um corpo à mercê de métodos tecnológicos medievais é
um objeto dessacralizado humilhado em sua nudez desamparada

o ruído dessa fantástica máquina aparentemente silenciosa
ampliado para não sei quantas vezes o seu volume é
[belo/assustador

diuturnamente esse enganoso silêncio é vida em moto-contínuo
só nos apercebemos disso quando algo não funciona bem

um corpo não fica à vontade quando escarafunchado assim
jejum água contraste intravenoso lá vai a máquina cumprir-se

um corpo não é apenas corpo é espírito alma sentimentos
[e medo
como reagir assim imóvel refém de conjecturas e sentenças prévias
?

XXXI

cento e vinte quilos e cento e cinquenta e dois anos de idade
eis um corpo que desaba no colchão recheado de angústias
ali caiu e assim ficou sem que nenhum órgão reagisse
em dia de não existir deixar-se ficar é tudo de que necessita

após sete badaladas e quinhentos e vinte e cinco silêncios
l e n t a m e n t a m e n t e põe-se em m o v i m e n t o
primeiro item do checklist foi a respiração medida atentamente
através de seu longo percurso desde o nariz até o cérebro

depois os dez dedos das mãos e os dez dedos dos pés um a um
esticados e massageados os braços e as pernas na sequência
os cinco sentidos puseram-se em estado de alerta
e a bitola aórtica dilata-se com aquele sinal de vida leve

o dia segue não sendo mas há um corpo que resiste e é

XXXII

após oito dias de sua morte o morto me disse que era
[preciso anotar
e disse isso inúmeras vezes ao longo da nossa conversa
[sobre poesia
o morto diz e pontua
que por um lance de dados e acaso objetivo
os excêntricos e malditos
podem se transformar em câmaras de eco da poesia
ou da prosa
a vida como verdadeira extensão da escrita
concluiu

antes de morto o morto vivíssimo escreveu e pensou muito
para a sua poética experimental precisou viver de forma
experimental e no limite
conforme preconizava o
confrade de estratégias anarquistas
fez da memória transgressão

nas leituras públicas performáticas sua marca
cadenciava com os pés as quebras
de verso e a medição do ritmo do poema

na despedida prometi transformar suas transgressões
em memórias
anotações para um novo apocalipse

para Cláudio Willer, 2.12.1940 – 13.01.2023

XXXIII

havia um projeto de poema atravessado na faringe algo
feito espinha de peixe osso de galinha ou algo que o valha
faringe laringe e traqueia em pânico na iminência do desastre

mas um poema não se constrói assim apenas com engasgos
é preciso que a ideia toque mais fundo passe pelo
estômago pâncreas fígado intestino e se livre dos gases

um poema precisa do extrato mais invisível da engrenagem
aquele que não pode ser radiografado computadorizado
escaneado apalpado auscultado muito menos fotografado

cabe àqueles que lidam com essa matéria não visível
conduzir o projeto ainda não poema até que se transfigure
e ofereça sua forma concreta àquilo que subjetivo estava

XXXIV

montava num inimaginável e minúsculo motociclo
caminho adentro vencia ladeiras estradas acidentadas
disparava ante os olhares incrédulos dos passantes

quase rente ao chão os pés no lugar dos pedais de freio
lembrava-se da vergonha dos vestidos rasgados nas reais
corridas em declive dos carrinhos de rolimã na infância

velha dama motivada pela força do desejo não concretizado
reafirma sua capacidade para inventos e velocidades
mas quem ali corria era apenas a alma o corpo à espreita

freud certamente daria conta de analisar esta proeza
como também aquelas outras de voar sem aparelhos
e navegar sobre as águas de um rio estreito e veloz

XXXV

quatro eram as crianças a brincar no terraço do edifício
[residencial
até que descobrem uma brecha descuidada no aramado à volta
olha a primeira olha a segunda olham as outras duas seduzidas
pela atração e curiosidade o vazio como promessa de aventura
próximas demais para o recuo atrasadas demais para desistir

por um impulso ou fenômeno explicado talvez pela maternidade
com forças inumanas a louca mãe precipita-se e agarra a tempo
suas duas crias enquanto desolada vê as outras duas de mãe
ausente voarem até o baque final na calçada da rua de
[seu endereço

a desgraçada mulher salvou mas não conseguiu salvar-se
dos pesadelos sufocantes da sentença de culpa vitalícia e
[sem tréguas

XXXVI

uma multidão silenciosa anda comigo
sigo confiante acompanhando-lhe o coro
orientando-me pelos muitos sublinhados
sustos paradas cardíacas descompassos

na biblioteca à noite é um farfalhar de páginas
tosses penas lápis teclas risos discretos
sigo-lhes os rastros farejo-lhes os suores
(re)conheço-os pela cadência do andar

OridesFontelaManuelBandeiraCecíliaMeireles
MáriodeAndradePatríciaGalvãoOswalddeAndrade
HildaHilstJoãoCabralAdéliaPradoMuriloMendes
ClariceLispectorJoãoGuimarãesRosaRenataPallottini
FernandoPessoaVirginiaWoolfEdgarMorinHenriqueta
LisboaCastroAlvesSophiadeMelloBreynerAndresen
HerbertoHelderNatáliaCorreiaFerreiraGullarMariaTeresa
HortaLuísdeCamõesCoraCoralinaGastãoCruzAnaLuísa
AmaralCarlosDrummonddeAndradeAnaHatherly
MáriodeSá-CarneiroFiamaHassePaisBrandãoFagundes
VarelaEmilyDickinsonHaroldodeCamposFlorbela
EspancaJoséSaramagoLuizaNetoJorgeMiguelTorga

deixam suas respectivas prateleiras e confraternizam

sempre que lhes acaricio as lombadas ou abro suas
páginas
ganham vida através do fato estético da leitura

ando sempre muito bem acompanhada
não mexe comigo que as feras acordam
transmitem o vírus e dele para sempre
ficarás cativo sem chances de retorno
bibliovida

para Maria Bethânia

XXXVII

neste dia dois de julho do ano dois mil e vinte e três
completo setenta e sete voltas em torno do sol

em fevereiro de dois mil e vinte e três dizem as estatísticas

a expectativa média de vida no mundo era de setenta e três anos
e quatro meses

só em meados deste nosso século vinte e um essa média deverá
alcançar setenta e sete anos.

ultrapassei as expectativas em três anos e seis meses
sobrevivente declarada sou

lendo e criando, criando e lendo
contemporânea de mim mesma

alguma fortuna crítica (excertos)

Dalila Teles Veras é um caso curioso na bibliografia moderna da poesia madeirense. Em primeiro lugar porque, tendo nascido no Funchal, da cidade e da ilha retém a memória das cores e dos cheiros, do mar e das flores. Transmitindo para a sua produção literária a síntese amalgamada dessas emoções e sentimentos. Em segundo lugar, porque tudo isto acontece, apesar de ter deixado a sua terra natal aos onze anos, passageira emigrante do Santa Maria, rumando com destino ao Brasil. Ali criou raízes, constituiu família e soltou o seu espírito crítico nas mãos inconformadas da poesia, numa actividade intensa que já perfez duas décadas. (...)

A poesia da Dalila Teles Veras tem o condão de ser límpida, directa, trabalhada com um carinho comovido pelas coisas do cognoscitivo. Constrói-a sem perder muito tempo com rodeios, antes oferece-lhe uma roupagem de delicado tecido, onde cada termo utilizado tem uma função exacta, medida, funcional. (...)

É, na verdade, Dalila Teles Veras uma trovadora da modernidade poética madeirense, cantando a Madeira e o Porto Santo com tanto fervor e sentimento – sem, todavia, o manchar de sentimentalismo piegas e melodramático – que chega a incomodar, a interrogar, a polemicar com o leitor. Não se trata de uma poesia submissa, mansa, dominada. Não. Nela vive um animal rebelde, inconstante, imprevisível, majestoso: o da insatisfação criativa. Ainda iremos ouvir falar de Dalila Teles Veras como um dos nomes mais importantes da literatura luso-brasileira. Este lançamento constitui um modesto contributo para um melhor conhecimento na Região e no País da sua Obra, a partir do qual poderá o aficcionado da Poesia se lançar em demanda dos seus outros livros, em repetidamente esgotadas edições brasileiras. (...)

José António Gonçalves,
no prefácio do livro
Madeira: do Vinho à Saudade, Funchal, 1989.

*

Desde *Lições de Tempo*, seu primeiro livro individual, a evolução de seu texto é clara. Parece ter havido uma opção consciente de aprender com a experiência de outros poetas. Aqui e ali, salta um Drummond, um Fernando Pessoa, uma Adélia Prado. O resultado desse cadinho bem trabalhado de influências tem sido um texto cada vez mais enxuto, que renuncia ao discursivo e à verborragia, embora ecos dessa prática ainda persistam em seu *Elemento em Fúria*. O livro *Madeira: Do Vinho à Saudade,* no entanto, não fica nada a dever aos melhores poetas do país.

Reinaldo Azevedo,
Diário do Grande ABC, 24.10.1989.

*

A Palavraparte. Em relação ao seu *elemento em fúria*, o último que eu tinha lido, noto um salto qualitativo notável, no rumo da concisão. Você me parece ter chegado à posse plena da sua capacidade de dizer o essencial, sem desperdícios. Como diria Cabral, a capacidade de "domar a explosão". Só aqui e ali, a meu ver, um ou outro excesso, da ordem exatamente do emocional que ludibria a mão no geral segura da domadora.

(...) poemas (eu os chamaria de "poemas", a todos, sem hesitar – não vejo em nenhum nada de prosaico). O que vale é a superior qualidade atingida.

Parabéns, Dalila. O rumo que você vem trilhando parece o mais rico e promissor.

Abraço camarada do seu Carlos Felipe,

Carlos Felipe Moisés,
em carta à autora, s/d, 1996.

*

(...) Poesia autêntica em todas as páginas, desenhos e palavras.

Ao acabar de ler, lentamente, *A Palavraparte*, fiquei com a certeza de ter lido algo de muito sério, muito importante e vivido, que foi dito para sempre. Passou a vida no seu quotidiano de sabores e cristais sem a palavra da denúncia do sofrer a do deslumbrar – não se sabe onde está a pessoa e onde está o verbo, em que espaço o desenho os interceptou. E, contudo, neste não se sabe, há um equilíbrio formoso que nos toca com o real e o mistério, o óbvio e o inesperado. Que nos inquieta e nos dá paz, como toda a obra de Arte. Obrigada, Dalila e Constança, Constança e Dalila, pelo que me mandaram de tão longe e de tão perto.

Matilde Rosa Araújo,
Lisboa, 17 de julho de 1996, em carta às autoras.

*

Como o sapo da fábula, feio e triste, que devorou a borboleta azul, não por fome ou maldade, mas pela irreprimível necessidade de saber o sabor da beleza, devorei o seu livro *A Palavraparte*. Devo confessar, um tanto envergonhado, que o fiz com um misto de fascínio e inveja.

(...) Voltei a lê-lo agora, com calma, paciência, a "ardente paciência" de que fala o poeta, e descobri que a beleza sabe a vinho português, desses produzidos num casal discreto, envelhecido com dignidade, sem rótulo, sem alarido. Vinho puro, honesto como o sangue que corre nas veias de quem o produz, vinho para ser degustado tão somente pelos que pertencem à mesma tribo.

Belo, literalmente belo o seu livro. Parabéns.

Cineas Santos,
Teresina, PI, 5.6.1996, em carta à autora.

*

Em nova e bonita edição da Alpharrabio, Dalila Teles Veras reúne seus poemas – poesia quase toda, segundo o subtítulo – em *À janela dos dias*. Uma lírica variada, composta de pequenas e médias peças, algumas em prosa poética, mas cuidadosamente unificadas pelo tom da leveza e da qualidade. Foi o que me pareceu à primeira leitura, confirmado depois. Memórias, impressões do dia a dia (a cronista divide com a poeta a mesma janela), rasgos de imaginação solta na tarde e na madrugada, o social em cada esquina na curva do enjambement. O livro confirma o talento desta grande escritora, da qual transcrevemos o poema *Inquietude*.

Joaquim Branco,
Jornal Cataguases, MG, 11.8.2002.

*

Dalila Teles Veras senta-se, quase sempre, numa janela a espiar a vida e as coisas ao seu redor. É quando ela pode examinar o que chama de avesso das coisas, do que vê. Este livro *Retratos falhados* é uma espécie de pintura de seu cotidiano e de sua memória. Como ela esclarece, são retratos imprecisos, distorcidos. E nisso pode se explicar a poesia: "Mas a poesia é, também, a tentativa de dizer o inaudito ou aquilo que não parece ser, mas é. Tentativa de percorrer caminhos ainda não sinalizados". (...)

Os textos em forma de prosa poética e os poemas de *retratos falhados* foram escritos depois que Dalila publicou *À janela dos dias*, em 2002, reunindo toda sua obra até então. Trata-se de uma poeta consciente de seu ofício de escrever. (...) É uma mulher poeta que sabe da palavra, do poema, da poesia. E elabora sua obra com o cuidado da ave que constrói seu ninho num alpendre, para salvar-se das intempéries. (...)

Como escritora brasileira nascida em Portugal, ela afirma com absoluta razão: "Difícil desvencilhar-se da carga atávica e das heranças avós".

Álvaro Alves de Faria,
Jornal Rascunho, Edição 104,
Curitiba, dezembro de 2008.

*

(...) Hoje está outra vez de volta e traz consigo uma bagagem de textos poéticos reunidos num livro a que deu o título de *Retratos Falhados* que está incluído na colecção *Ponte Velha*, que inclui, entre outras, obras de Nuno Júdice, António Ramos Rosa e Ana Hatherly. Dalila Teles Veras tem um percurso com muita história. É jornalista e "agitadora de ânimos". Quero dizer que não só tem obra escrita nos géneros da poesia, da crónica e do ensaio em jornais e revistas do Brasil, mas também se dedica à divulgação de obras de outros autores e à realização de actividades inerentes à escrita e às artes em geral.

(...) Depois desta breve referência ao seu trabalho, creio que está justificada a adjectivação com que classifiquei a sua postura no mundo das artes: Dalila é de facto uma "agitadora" de ânimos e inteligências.

(...) Em *Retratos Falhados* a autora percorre as cidades, seus trilhos, pontes, calçadas, cinemas, livrarias, cafés, num périplo familiar aos olhos do repórter, sensível a um quotidiano labiríntico e sombrio. Ao rever-se em Espelhos vários, à procura de si e de certas ausências dolorosas, exercita a experiência de alguns ritos e solidões.

(...) Dalila Teles Veras cultiva o seu múnus poético pelo espírito do olhar insistente sobre o mundo e particularmente o mundo urbano, frio, impessoal, desmedido. Transporta de Portugal a matriz duma língua que, em paragens brasileiras, transmuta os verdes rumores da ilha-mãe, num sotaque de "açúcar", memorial que admite ser, no esquecimento, uma possível "Caixa de Pandora à espera de quem a destape". Palavras suas com que termino, com votos de que seja assim.

Irene Lucília Andrade,
apresentação do livro *Retratos Falhados* na
Festa do Livro do Funchal, Pavilhão dos Autores, 28.5.2009.

*

(...) está presente nos seus *Retratos Falhados* uma arrebatadora visão de urbanidade, um enclausuramento linguístico típico da escrita contemporânea, muitas vezes um quase silenciar. Estão presentes ainda as imagens da doença, a dor, a presentificação da morte, a espera, a chegada e um luto muito particularizado. Porém, não tomemos como algo de essencialmente negativo, pois seus versos são antes questionadores, uma forma de pensar os limites, o poder sobre a combinação vida-morte, o poder sobre a ideia de cura e a nossa fragilidade diante do que é finito.

Carlos Augusto Lima,
Diário do Nordeste, Fortaleza, CE, 15.5.2009.

*

Embora nascida na ilha da Madeira, torrão português plantado no Atlântico, ela é uma brasileira mais ativa e nativa que muitos de nossos compatriotas. Do mesmo modo, embora seja brasileira desde criança, consegue ser mais portuguesa do que muitos lusos que nunca saíram de sua terra.

O segredo para isso é que, como diz Pessoa, a alma dela não é pequena. Poeta, sensível, sabe extrair do difícil convívio humano a pérola da solidariedade e da poesia. O que não viveu, lá ou cá, compensa com empatia, estudo, saudades e auscultação dos desconcertos do mundo.

Estou falando de Dalila Teles Veras, a quem este boletim é dedicado. O *poesia.net* reconhece o trabalho de Dalila como poeta e como incentivadora cultural. Mas há outra razão para esta homenagem: no próximo dia 2 de julho, ela arredonda sete decênios de vida. Viva Dalila!

Um fator que permitiu a Dalila Teles Veras permanecer portuguesa – apesar da fala e do olhar brasileiros – é seu gosto pelas viagens, seja visitando lugares geográficos, seja empreendendo vastas excursões na memória.

De viagens assim resultou seu livro mais recente, *Solidões da memória*. Nesta obra, a autora, às vésperas de completar 70 anos, entregou-se ao exercício poético de passar a vida a limpo.

A própria estrutura do livro sugere essa abordagem. Os textos estão divididos em cinco blocos: *Insularidade, Aventura em Preparo, Travessia* e *Chegada (Ruptura), Regresso ou Tentativa de* e *Registros Prévios*. Como é fácil perceber, nos três primeiros capítulos a autora penetra fundo na memória e relembra poeticamente a vida na ilha, a preparação da mudança para o Brasil e as surpresas da chegada.

O bloco seguinte resulta de uma efetiva viagem de retorno à Ilha da Madeira, cumprindo um roteiro com objetivos lírico-existenciais. Por último, vêm algumas anotações prévias que orientaram o projeto.

O arsenal lírico de Dalila Teles Veras foi reforçado pela leitura de muitos poetas portugueses e brasileiros. Todos os poemas do livro trazem uma epígrafe de referência, como se pode ver na pequena antologia ao lado.

Até o título do livro veio dessas leituras: foi pescado no poema Urucungo, do modernista gaúcho Raul Bopp (1898-1984) que fala em (...) "solidões da memória / coisas que ficaram no outro lado do mar".

Passemos aos poemas. Deu trabalho, mas consegui reduzir minha seleção inicial aos oito textos transcritos ao lado. Os três primeiros – *Educação pelo Silêncio, Educação Eletiva* e *Cartografia Soletrada* – falam de parentes (avó, tia, tio emigrado) e dão notícia de como a menina Dalila aprendia a soletrar o mundo na vida ilhoa.

Terra sem Homens destaca a necessidade do madeirense de deixar sua ilha e partir em busca de melhores condições. E os primeiros a migrar eram os homens. Isso gerava um lugar coalhado de tias e "viúvas de maridos vivos". *Marinhas* destaca a natureza, vista da janela: ondas e espumas. Segue-se a *Chegada*, após onze dias de viagem na terceira classe de um navio.

Vem por fim a *Confidência da Madeirense*, na qual a poeta, com o olhar de hoje, revisita as reflexões de Drummond sobre Itabira. A conclusão é sempre melancólica: a Madeira não é apenas uma fotografia na parede – mas também não dói.

Carlos Machado,
no portal *poesia.net.* Boletim 355, 15.6.2018.

*

Numa entrevista concedida a Floriano Martins, incluída sob a forma de prefácio no livro *Retratos Falhados*, quando interrogada sobre o modo como as suas pertenças culturais se reflectem na sua obra, Dalila Teles Veras enuncia deste modo as linhas mestras do conteúdo subjacente às questões da construção identitária em contextos diaspóricos e que estão também subentendidas no título desta comunicação: (...)

Falar de resistência e assimilação a propósito de Dalila Teles Veras, no contexto de um Congresso sobre a vez e a voz da mulher imigrante portuguesa na diáspora, leva-nos, antes de mais, a destacar as ambivalências inerentes a uma escrita que se desenha num contexto de desterritorialização e reterritorialização das constelações identitárias forjadas numa linguagem que a travessia da(s) fronteira(s) geográfica(s) e simbólica(s), revela como lugar de (des)encontro / confrontação de dois mundos a que a autora se sente, simultaneamente, pertencer e estar excluída.(...)

Porém, se considerarmos o testemunho de quem alguma vez experienciou a situação de emigrante, a consciência da interidentidade não resulta, forçosamente, no apagamento das diferenças, antes na afirmação de um não-lugar da identidade sempre a desidentificar-se, fazendo sobressair aquilo que, no poema *Espelho provisório* (5) de Dalila Teles Veras, é assinalado como a irremediável condição de estrangeira para si mesma, que lhe é devolvida pela "imagem trêmula" de uma identidade fantasma, construída e reconstruída em permanência, reflectida nas "vitrinas da cidade." (...)

O olhar da poeta é um olhar descentrado, estrangeiro, vigilante, em alerta permanente, desconfiado de tudo e até de si, interrogante, perscrutador de uma realidade onde é preciso penetrar para além do aparente, do visível que esconde e desfigura a imagem do eu e o revela como outro. (...)

O projecto literário de Dalila Teles Veras ancora nesta concepção de linguagem enquanto matéria plasmável que oferece possibilidades infindáveis de reconfiguração do real reelaborando o alcance do conceito de cultura e de literatura enquanto espaço aberto, indeterminado, ilimitado onde ecoa uma polifonia de vozes dissonantes e de práticas plurais. (...)

A arte em geral, e a poesia em particular, tal como toda a actividade cultural em que se encontra envolvida são, para Dalila Teles Veras, formas de resistência feita "[À] margem da margem, caminhando pela lateral dos caminhos oficiais, mostrando artistas e a produção cultural fora da indústria do entretenimento." (...)

A emigração é então o caminho através do qual se faz também a descoberta de que ser português é, antes de mais e como nos ensinam as palavras de Dalila Teles Veras no poema *10 de Junho*, "orgulho" de ser "raça amálgama de raças" que é como quem diz a descoberta da nossa inscrição numa categoria identitária mais vasta que dá pelo nome de HUMANIDADE.

Clara Moura Lourenço,
Resistência e assimilação em Dalila Teles Veras, trabalho apresentado no IV Congresso *A Voz e a Vez da Mulher Portuguesa na Diáspora: Brasil e outros lugares,* organizado pela USP e Universidade do Paraná, realizado em Curitiba, PR, Brasil, em maio de 2009, na Mesa de Debates *A Literatura e a Mulher Portuguesa na Diáspora.*

*

(...) *À janela dos dias: poesia quase toda* traz num só volume a poesia publicada pela autora nos últimos 20 anos (que praticamente voltou, em boa parte, a ser inédita após tantos anos esgotada!), desde os poemas de *Lições de Tempo*, de 1982, até as suas mais recentes colaborações em obras coletivas e antologias, passando pelo percurso vário que cobre, por exemplo, os poemas em prosa de *A Palavraparte*, de 1996. De quebra, o leitor ainda conhece alguns inéditos da autora, poemas que, na sua maioria, fazem coro à renovação que a poeta impôs à quase totalidade de seus livros, submetidos às atuais concepções da autora.

Do trajeto de Dalila desde os passos fundamentais do *Grupo Livrespaço de Poesia* até sua participação definitiva na consolidação (sempre em progresso) da vida cultural da região, o que nunca saiu dos planos dessa poeta luso-brasileira (nascida na Ilha da Madeira e radicada no Brasil), como o leitor perceberá em *À janela dos dias*, é a poesia, como ofício, registro, combustível. (...)

À janela dos dias: poesia quase toda permitirá ainda reconhecer a voz de Dalila Teles Veras pelo que revela de sua relação sincera com as coisas do mundo. Aqui, a voz atual da poeta volta-se contra as dissonâncias e os ruídos percebidos alhures, e reorganiza o tom geral da obra pelo apuro verbal conquistado no percurso, resultando num livro novo, sintético, conexo, em que das linhas anteriores se perceberá apenas o insistente resíduo da intensa paixão com que a poeta tomou, nos 20 anos de sua poesia, alguns mesmos e caros temas (como o "resíduo" do célebre poema de Carlos Drummond de Andrade, poeta já centenário neste 2002 que, diferentemente de Dalila, na antologia pessoal que fez de sua poesia, escolheu agrupá-la por temas recorrentes).

Tarso de Melo,
no livro (orelhas) *À Janela dos Dias*,
Alpharrabio Edições, 2002.
Também publicado no *Jornal O Escritor*,
da UBE – União Brasileira de escritores, SP.

*

Recebi seu candente *Vestígios*, que li de uma assentada. Trabalho de profundo mergulho espiritual, afetivo e psicológico. Nele você faz uma sentida e ao mesmo tempo poética homenagem à sua mãe, nessa dolorida tentativa de compreender a perda, a passagem do tempo, a ausência e a saudade de quem nos deixa sem pedir licença.(...)

Embora seja uma obra destinada a uma homenagem, seus poemas cumpriram essa proposta, avessa a parafernálias gráficas e editoriais, sem contorcionismo, para proclamar a poesia vital e impor-se sem firulas. Abraços,

Ronaldo Cagiano,
Brasília, DF, em carta à autora, 2003.

*

(...) Dentre os poemas que mais gostei estão o *No Jardim*, principalmente esse belo verso: (*jamais alguém se banha na mesma luz*). Com reminiscências heraclitianas, mas confrontadas as águas com a luz.

No poema *Do amor e seus silêncios*, você consegue um belo ritmo, muito sincopado, além de alguns belos achados, como: *a muda comunhão / (frêmito de carne e espírito)*, que reproduz o próprio fremir de corpos e espíritos na aliteração dos versos.

Também o final de *Ausência*, a ideia do dia intransponível, é bela e ao mesmo tempo angustiante, abre-nos um corredor sem luz e uma sensação de tempo vedado a nossa participação futura.

Rodrigo Petronio,
em carta à autora, sobre a plaquete *Solilóquios*.

*

O que nos chegou da Ilha da Madeira naquele dia de 1957 não foi um malvasia, um sercial, um verdelho ou um boal. Era uma menina de olhos grandes, espantados com a nova paisagem. Mas quem vem de lá, trazendo a alma impregnada das virtudes, dos perfumes e das cores dessas preciosas castas, sabe que os vinhos são produzidos com muita labuta – iniciada nas encostas ensolaradas da ilha, onde cantos acompanham a cadência dos braços nas vindimas, e concluída nas adegas, onde paciência e tradição apuram os melhores teores.

É para dizer que aquela menina chamada Dalila tinha marcas atávicas que não seriam apagadas, e que se transformaram em predestinação nessa sua nova pátria. Assumiu de outra forma as tarefas da colheita, fazendo da língua sua vinha e da poesia o seu produto. (...)

Sua poesia se aprimorou, se expandiu e atravessou fronteiras com traduções em diversos países, mas não lhe faltou fôlego para a crônica, um comprometido debruçar, uma observação interessada, muitas vezes apaixonada sobre a cidade, seu cotidiano, seus fatos culturais. (...)

Não é com frequência que se tem à mesa um vinho de tal qualidade. Da Madeira.

José Armando Pereira da Silva,
na apresentação do site pessoal de D.T.V., 2002.

*

Vestígios é um livro mais para se ler do que para se comentar (aliás, essa é uma característica de todo texto bem urdido). O árduo trabalho, a "luta corporal" com as palavras, oculta-se pela artesania do artista. *Vestígios* é um texto "bem urdido".

Dedicado "à memória de minha mãe, Maria de Lourdes, que me iniciou nos caminhos da poesia", informa a primeira página do livro. Tratando de perda (a da mãe que "se foi"), o ganho estético da obra é imenso. Não há uma vírgula, uma exclamação, enfim, sequer uma letra, que seja morta. (...)

Quem já acompanhou o martírio de um ente querido, o seu lento definhamento físico, a vida se esvaindo como a água entre os dedos, sabe do que a poeta está falando. Mas até quem ainda não se viu cara a cara com a morte será capaz de adivinhar a mensagem da poeta. Mensagem, sim: Dalila Teles Veras é atalaia de uma Mensagem? Mensagem da alma, trazida do fundo mais remoto dos tempos, da própria eternidade. Todo homem e toda a mulher, todo ser vivente, guarda reminiscência desse tempo anterior, em que, ainda não tendo sido concebido, já existia. Todo ser vivente traz na alma essa nostalgia das coisas que não viveu (ou de que apenas não tem memória?). Como explicar o sentimento: "Que sabemos nós / seres chorosos / à beira da morte / do outro?", pergunta a poeta. Será que algum homem encontrará a resposta?

Nicodemos Sena,
Jornal O Estado do Tapajós, Santarém,
Altamira, Oriximiná e Itaituba, 29.1.2004.

*

(...) Há, pois, laços, presenças e dizeres que se conectam nesse 'sentimento de mundo' operado na obra recém-lançada por Alpharrabio/Dobra. Uma historicidade estética viva na consciência estruturante dos poemas lança a suposta estranheza do universo literário conciso dos fados sobre a linguagem midiática dos fatos, mas não para estranhá-los e sim para dar-lhes grandeza, fazê-los seres do mundo e não mais entes da banalidade noticiosa. Eis, então, que o cotidiano ganha tanto a imagem de vida (lembrando Arendt) como se faz mundo. Aí, romecleide, barrigãs, belas, idosas roubadas, pai assassino, mulheres ao espelho, loucas (não sem sentido, a maioria de mulheres!), evangélicos, todas e todos alcançam a condição de mundo, de totalidade, vaso reconstruído. Se não para a sua salvação, certamente para escaparem do passageiro e do olvido. Quem os reconstrói? A língua acumulada do questionamento, das explicações entre parênteses, da assertiva dura, da quebra gramatical (quebra do midiático), pois a estranha língua poética de fato está a romper com o fenômeno histórico que se incumbe de quebrar ainda mais os cacos humanos, seus bens, necessidades e desejos. (...)

Os poemas de Dalila Teles Veras também revelam, em sendo construtos legítimos e dignos da boa história literária, uma consciência comprometida, militante, arguta diante dos sinais evidentes da mediocridade sociopolítica, contraparte da banalidade e do facilitário do senso-comum. O acúmulo da língua poética, quando visto lá no seu interior, revela sua estranheza metalinguística a atingir o coração da vida, no rumo do mundo, cuja matéria prima é a palavra, contraponto do caos. Reestranhar é preciso.

Luiz Roberto Alves,
A estranheza poética dos fatos no cotidiano em Dalila, em *estranhas formas de vida*,
Jornal Linguagem Viva, nº 286, junho de 2013.

*

Há n maneiras de se ler um livro. Inventei uma para ler *Solidões da memória* (Dobra Editorial/Alpharrabio Edições/ Selo Donizete Galvão Poesia, 2015), de Dalila Teles Veras. Primeiro, li/vi a capa, cuja imagem – com exceção da pequena faixa branca onde se dispõem o título do livro e o nome da autora – é toda ocupada pelo que me pareceu uma profusão de alvéolos formando uma rede. (...)

Solidões da memória é um livro de poemas que podem ser sentidos ou experimentados como rizomas. (...)

A palavra solidões do título entra em relação de troca e de ressonância mútua com a palavra sensações ("geografia dos sentidos": Deleuze adoraria essa expressão) que faz vibrar, acoplar e fender os três blocos. (...)

Viajar ao Recôncavo da Bahia, por exemplo, como conta Dalila Teles Veras em seu blog, é, nessa viagem, em cada instante e paradas diversas, compor um lugar, lugares. Ou pátrias: vibrar e se fundir e romper com cada uma delas é também expatriar-se de São Paulo, de Santo André, da longínqua Madeira das memórias e do próprio Recôncavo, ser a geografia dos sentidos de cada sítio até o Recôncavo e, nele, múltiplo, ser olhar, olfato, sabor, audição, tactilidade singulares: Recôncavo(s). (...)

Em *Solidões da memória,* essas sensações/ligações deixaram de ser solitárias. Quem as lê, entra numa composição com Dalila Teles Veras, que não é necessariamente a pessoa (autora), mas tudo o que a própria Dalila no livro se torna, todos os devires, todas as singularidades que estão nos três blocos de sensações da pág. 83. Não são elas um molde, uma moldagem, mas uma modulação. *Solidões da memória*, por isso, é um livro musical, e não imagético. Memórias ou solidões povoadas. Memórias do mundo, ou de um mundo, sem que se precise dizer que são solidárias. Memórias do encontro, em que a parceria, a intercessão, é invisível (...)

A literatura só começa com a terceira pessoa, que é uma não pessoa, o "neutro", como o chama Blanchot. Não por outro motivo, o Eu de Dalila, em *Solidões da memória*, é um Eu sem Eu, por ser a poesia, como qualquer arte, essencialmente impessoal, e, nessa medida, morada que é do puro imaginário de ninguém, do impensado, do que nos força a pensar. Ou, como diz Rimbaud na carta do vidente (carta a Paul Demeny, 15 de maio de 1871): "Eu é um outro...". (...)

Valdomiro Santana,
publicado no *Suplemento Minas Gerais,*
fevereiro de 2017.

*

Para comemorar sua vida e obra, a poeta Dalila Teles Veras lançou *Setenta – Anos, Poemas, Leitores* (Alpharrabio Edições, 110 páginas, Santo André, São Paulo – 2016). Uma antologia de setenta poemas escolhidos dos quinze títulos publicados pela escritora ao longo de 34 anos de intensa vida artística e ativismo cultural. Os textos que ilustram as páginas foram carinhosamente escolhidos por 70 convidados (escritores e amigos da poeta) de diferentes idades (desde o neto de Dalila de oito anos a outros com mais de oitenta) e de formações e interesses diversos. (...)

Dalila é voz mais que solitária em sua geração; voz condenada, diga-se de passagem, a uma feliz solidão. A sua erudição e a sua, se assim posso chamar, desenvoltura rítmica a mantêm isolada dos grupos mais recentes. Neles, a artificialidade, o excessivo das paráfrases e das colagens, que nos últimos anos têm tornado a poesia um exercício cansativo e repetitivo, sem força e sem rumo, fizeram de nossa paisagem poética um campo desolado. Foi exatamente a publicação de *Setenta*, que reverte esse quadro. Com esse livro recuperamos o ânimo de celebração, atualmente tão pouco presente em nossa poesia, e que só era mantido pelo vasto grupo que estreara nos anos 50 e 60, contrário a todos os ismos do período (sem contar com alguns remanescentes desse mesmo grupo, já nos anos 70 e 80, poetas ainda à espera de uma reavaliação à altura de sua importância), Dalila, talvez seja o nome que mais se destaque na geração que tem hoje de 60 a 70 anos de idade (...)

Para a poeta crivada de sons, rostos, imagens, aromas e paladares, a palavra é carnal, é volúpia do verbo, é encontro e pulsação. A palavra a serviço da poesia, uma poesia que raia o mediúnico, onde Dalila é a pastora da iluminação do verbo. A sua inteligência, a sua erudição e o seu fascínio pelo que há de humano na história do homem a aproximam da verdade das coisas mais simples. São atributos que em poeta de baixa voltagem fatalmente serviriam apenas de adorno. Sobretudo porque a simplicidade, em poesia e em tudo o mais, é trunfo só dos grandes.

Rubens Shirassu Júnior,
"Paixão movida por compromisso", *Jornal Linguagem Viva* nº 328,
dezembro de 2016.

*

(...) A publicação de *tempo em fúria* é uma resposta que a poeta dá ao seu tempo – este específico: 2018/2019. Resposta urgente de uma poesia colada na realidade, no acontecimento, no cotidiano, na vida humana enquanto fenômeno coletivo, social e político.

Com poemas construídos a partir de uma linguagem objetiva – uma característica da poesia de Dalila Teles Veras – raro o uso das palavras ditas "poéticas" – *tempo em fúria* faz ponte direta com o leitor, sem que ele precise ser um "iniciado", quiçá "iluminado", em poesia. Nesse sentido, a forma também diz do conteúdo: Dalila é uma militante da democracia. E a palavra não deve criar percalços, deve muito mais comunicar-se com o maior número de pessoas, a fim de que a poesia também seja democratizada. O desafio, vencido pela poeta, é justamente oferecer uma poesia simples e complexa, trabalhada para ser acessível, como quem bem sabe a lição de Graciliano Ramos: "a palavra não foi feita para enfeitar, brilhar como ouro falso; a palavra foi feita para dizer". (...)

Os poemas de *tempo em fúria* relacionam-se diretamente com a eleição presidencial no Brasil de 2018 e o primeiro ano de governo, 2019. (...)

Sim, a poesia pode falar de tudo. Dalila fala desse monstro, o fascismo, que saiu do armário de muitas famílias brasileiras (...). Também fala da resistência, da esperança de que a História os coloque em seus devidos lugares: a obscura toca dos ratos.

A edição ainda oferece uma segunda parte chamada "uma estação no purgatório". Nesse conjunto, cuja epígrafe não poderia deixar de ser de Arthur Rimbaud, a poeta nos conta da condição de acompanhantes e pacientes nos hospitais, esses ambientes antissépticos, alienígenas, cheios de aparelhos e barulhos estranhos, procedimentos invasivos e tantas vezes autoritários, onde estamos completamente vulneráveis com nossos corpos.

Um livro necessário, de uma poeta que domina o verso e registra sua posição: "ditadura, nunca mais... tortura, nunca mais... generais, nunca mais, nunca mais...

para que fique justificada a publicação dos poemas deste *tempo em fúria*, como um grito, para além dos meus umbrais."

Adriane Garcia,
blog *Os livros que eu li*, 29.12.2019.

*

Talvez seja importante começar este texto explicando ao porquê da necessidade de uma hermenêutica politópica para lidar com o jogo de representações com que vou lidar, isto é, para lidar com uma linguagem que não pode impedir-se de se confrontar com uma consciência aguda da desterritorialização. Falo da linguagem da emigração. Para reflectir sobre ela, partirei do pensamento de Boaventura de Sousa Santos e da sua proposta de uma hermenêutica *dia*tópica, um procedimento hermenêutico necessário, em seu entender, para permitir um diálogo intercultural em que se jogam diferentes saberes e diferentes culturas, ou seja, em que se jogam «universos de sentido diferentes e (...) incomensuráveis». (...)

Boaventura de Sousa Santos falou da falta de reciprocidade para designar/nomear e dos epistemicídios que os "Encobrimentos", mais do que "Descobrimentos", na base da nossa Modernidade significaram.

Dalila Teles Veras, nascida no Funchal e a viver no Brasil desde 1957, escreveu:

Descobrimentos (anos 500)

Na trilha das descobertas
naveguei o mesmo mar
aportei no mesmo porto
e já não encontrei poetas
nem ninguém que ajudasse
a narrar os novos tempos
para um rei que já morreu

A grande narrativa dos Descobrimentos, sempre tantas vezes recuperada para fins políticos, e perante a discriminação e a subalternização dos emigrantes, parece não ter aqui já qualquer sentido. Nem os poetas têm já a linguagem, as palavras que possam representar a nova realidade.

E o rei, uma outra representação (do poder divino, esse corpo místico e político em si), já a secularização na base da nossa modernidade fez também desaparecer, deixando apenas o corpo natural, que morre – talvez porque também uma voz de mulher poeta se pode agora ouvir. Porque «o encobrimento é um campo potencial de descoberta (...), a descoberta moderna passou a assentar basicamente na desconstrução da descoberta moderna». Parece ser a essa desconstrução que as poetas emigrantes procedem – para poderem inaugurar novas visões do mundo e de si. (...)

Confrontamo-nos, assim, com poéticas de deslocação, de desterritorialização múltipla, que estilhaçam qualquer hipótese de uma voz ou de uma observação unívocas – não só as das poetas, mas também as das próprias leitoras ou investigadoras. Trata-se de poetas que parecem comprovar, tragicamente, diríamos, a impossibilidade de uma linguagem colaborativa e/ou comunicativa.

Inquietude

Não fosse esta ânsia
e eu diria que me basta
esta janela aberta sobre a vida
cercada de cor e água

Não fosse o logro da sonhada travessia
e a ilusão da grandeza americana
agravada pelo vírus da ambição
eu ainda acreditaria nesta clara luz da manhã
e neste azul atlântico

As palavras «sonho» ou «grandeza» não comunicaram o que a poeta parece ter ouvido e, em sua vez, surgem agora as palavras «logro», «ilusão» e «vírus». Por isso, sim, sempre a vivência trágica da condição do exílio: físico, geográfico, económico, de género, da forma da escrita, de uma pretensa comunicação no espaço público da linguagem; mas também, exílio mais penoso, atrevo-me a dizer, no lugar íntimo de si, na sua própria construção identitária. Aí, a inevitabilidade de uma construção identitária e/ou (bi- ou pluri)linguística, sempre em processo dinâmico, entre os sentimentos de inclusão, sempre tentada, e de exclusão, quase sempre encontrada. (...)

Não podemos eximir-nos a uma observação que não leve em conta, em primeiro lugar, a violência da linguagem hegemónica. Nessa violência da linguagem se invisibiliza o interdito e se naturaliza essa mesma interdição. Essas ausências têm pois que ser trazidas, do território do silêncio para onde foram empurradas, para o lugar da voz. Eis como Dalila Teles Veras o entende:

Tarde afora
carreguei um verso
(ideia de instaurar um poema)
Falava de mulheres e isolamento
e de algo semelhante a orfandade
Se bem me lembro
falava de efemérides
e da inutilidade dos calendários
Nesta hora, porém
de poesia e intervalo
a única palavra resgatada é
desterro...
(enganosa memória
a preparar armadilhas)

Será também nesse território do silêncio e do desterro habitado por mulheres que tudo o que ainda está por dizer –

que o não-dito, o interdito, mas também o inaudito – podem agonisticamente emergir, mesmo e sobretudo contra uma memória que se constrói de todas as palavras dos senhores e dos mestres. Penso assim que a poesia escrita por estas mulheres se faz, mais do que uma sociologia, uma poética das ausências e das emergências. E nesse sentido, a palavra «exiliência», além da condição existencial do ser, da existência e do exílio, traz também, em si, a palavra «resistência». Pois, como diria Robert Duncan, só lutando contra a forma dominante da linguagem se pode libertar a Forma, ou seja, as novas formas da linguagem. Trata-se de um processo de onde a violência da linguagem não se ausenta. Contra a linguagem dos mestres e/ou senhores, estas poetas-mulheres-emigrantes, triplamente fora da ordem dominante que enforma, que molda, que «forja» o real, partem, agonisticamente, em busca de um novo dizer de si. Ainda no dizer de Veras:

O silêncio que antecede o poema
é outro poema
O silêncio que sucede o poema
é outro poema
O poema
:
poemas

Graça Capinha,
Ancoragens temporárias, hospitalidades e utopias trágicas: Para um outro modelo de linguagem, CES – Centro de Estudos Sociais – Universidade de Coimbra, Portugal.

*

(...) A obra *fuga e urgências* (2022, Alpharrabio) de Dalila Teles Veras manifesta uma escritura-leitura muito particular da memória. Não operando tal conceito somente como arquivo, a poeta arquiteta habilmente uma espécie de cartografia memorialística. A memória (trans)figura no livro não em termos restitutivos, mas como movência construída poeticamente. (...)

Em *Tempo em fuga*, os textos dramatizam acelerações e diminuições de intensidades, de velocidades atuantes na memória compreendida nos termos de salto, de cisão, de ruptura e, sobretudo, de criação, se pensarmos a partir da *Filosofia da Diferença* de Gilles Deleuze. A memória se configura como espécie de variação infinita que deforma ou *dá forma* a um tempo informe e, por isto mesmo, de natureza poética, plástica, portanto.

O emaranhamento da memória, seu caráter rizomático, em termos deleuzianos, diz respeito à *duração* nos poemas de Dalila Teles Veras. Em diferente tipo de temporalidade, a memória se espraia no mapa do tempo, pululando trajetos distintos. A *duração* se afasta da objetividade restrita e passa a se relacionar ao tempo da subjetivação. A *duração*, também como tenso convívio com o cotidiano e com suas consequências para a subjetividade, conduz o tempo à intensidade, ao devir, como lemos no poema "tempo suspenso". (...)

É assim que a memória já transformada em matéria poética por Dalila opera: não se circunscreve a exposições unívocas e lineares frente à realidade. Sua estratégia (po)ética é a multiplicação pela qual se desdobram inumeráveis planos temporais que podem se afirmar ou se contradizer uns aos outros, no momento em que são experimentados pela percepção ou que são transmutados em sensação poética. O tempo em suspensão (da primeira série de poemas do livro) é também o tempo em fuga (do segundo conjunto de textos) da flor que desabrocha, seguindo seu fluxo natural, apesar do vírus assassino de humanos estar sempre à espreita (...)

A imbricação de todos esses tempos, pelo expediente da memória que lembra, mas que, sobretudo, cria, é resultado da interação entre sujeito e real que transverte em cada poema de *fuga e urgências* um fluxo de afecções que constrói e concomitantemente desconstrói a subjetividade poética em repercussiva reciprocidade com o mundo, em estado de atenção plena.

Nathaly Felipe,
Sobre fugas e urgências: tempo e memória
na poesia de Dalila Teles Veras,
Jornal Linguagem Viva nº 4113, janeiro de 2024.

obras publicadas

poesia

Lições de Tempo. SP: Pannartz,1982 (2ª ed., 1983).

Inventário Precoce. SP: Pannartz, 1983.

Madeira: do Vinho à Saudade. Col. Cadernos Ilha. Funchal, Madeira (Portugal): José António Gonçalves editor, 1989 (2ª ed., fac-símile, SP: Alpharrabio Edições, 1997).

Elemento em Fúria. Teresina, PI: Academia Piauiense de Letras, 1989.

Forasteiros Registros Nordestinos (plaquete). SP: Livrespaço, 1991.

Poética das Circunstâncias (plaquete). SP: Alpharrabio Edições, 1996.

A Palavraparte. SP: Alpharrabio Edições, 1996.

À Janela dos Dias – poesia quase toda. SP: Alpharrabio Edições, 2002.

Vestígios (plaquete, edição fora do comércio, 200 exemplares numerados e rubricados pela autora). SP: Alpharrabio Edições, 2003.

Solilóquios (plaquete, 200 exemplares numerados e rubricados pela autora). SP: Alpharrabio Edições, 2005.

Poesia do Intervalo (poemas, com desenhos de Guedo Gallet, livro de arte, 200 exemplares numerados e rubricados pelos autores). SP: Alpharrabio Edições, 2005.

Pecados (caixa artística, publicada por ocasião da comemoração dos 60 anos da autora, com 7 poemas ilustrados em 7 pranchas pelos artistas André Miranda, Constança Lucas, Guedo Gallet, Mariano Amaral Neto, Perkins T. Moreira, Ricardo Amadasi e Sian, 200 exemplares, numerados e rubricados pela autora). SP: Alpharrabio Edições, 2006.

Retratos Falhados. Coleção Ponte Velha. SP: Editora Escrituras, 2008.

estranhas formas de vida. SP: Dobra Editorial/Alpharrabio, 2013.

solidões da memória. SP: Dobra Editorial/Alpharrabio, 2015.

SETENTA anos poemas leitores, antologia de poemas escolhidos por 70 leitores por ocasião dos seus 70 anos. SP: Alpharrabio Edições, 2016.

a mulher antiga (plaquete). Coleção PerVersas literatura de autoria feminina. SP: Alpharrabio Edições, 2017.

tempo em fúria. SP: Alpharrabio Edições, 2019.

ponto(s) (plaquete). Coleção PerVersas literatura de autoria feminina. SP: Alpharrabio Edições, 2022.

fuga e urgências. SP: Alpharrabio Edições, 2022.

prosa

A Vida Crônica (crônicas). SP: Alpharrabio Edições, 1999.

As Artes do Ofício – um olhar sobre o ABC (crônicas). SP: Alpharrabio Edições, 2000.

Minudências – diário literário do ano de 1999. SP: Alpharrabio Edições, 2000.

Diuturnos – diário literário do ano 2000. SP: Alpharrabio Edições, 2012.

Alpharrabio 12 anos – uma história em curso (em coautoria com Luzia Maninha Teles Veras). SP: Alpharrabio Edições, 2004.

Anotações de Leituras (textos curtos sobre livros e literatura, plaquete, fora do comércio, 300 exemplares, comemorativa do 14º aniversário da Alpharrabio Livraria). SP: Alpharrabio Edições, 2006.

Seduzir para a Poesia – Trajetória do Grupo Livrespaço 1983-1994 (organização e textos). SP: Alpharrabio Edições, 2008.

poesia publicada em coletâneas e antologias no brasil (as principais)

Antologia da Nova Poesia Brasileira (org. Olga Savary). RJ: Editora Hipocampo / Fundação Rio / Rioarte, 1992.

Uilcon Pereira: no coração (org. Aricy Curvello). RS: Giordano Editora / Editora AGE – SP, 2000 (artigo pp. 121, 122 e 123; outros pp. 55 e 85).

Brasil 2000 – Antologia de poesia contemporânea brasileira (org. Álvaro Alves de Faria). Portugal: Ed. Alma Azul, com apoio do Ministério da Cultura e Instituto Português do Livro e das Bibliotecas, 2000.

Paixão Por São Paulo (org. Luiz Carlos Guedes). SP: Editora Terceiro Nome, 2004.

Relicário Latino (produção poética feminina – 25 poetas – dos países Brasil, Argentina, Uruguai, Chile e Paraguai, em português e espanhol). Juiz de Fora, MG: FUNALFA Edições e Mercocidades Unidade Temática de Cultura, 2004 (participação com 9 poemas e minibio, pp. 113 a 123).

Outras Ruminações – 75 poetas e a poesia de Donizete Galvão. SP: Selo Donizete Galvão Poesia, Dobra Literatura, 2013.

Um Girassol nos teus cabelos – poemas para Marielle Franco. Belo Horizonte, MG: Quintal Edições e Mulherio das Letras, 2018.

Crocevia di versi / Encruzilhada de Versos – pequena antologia poética transoceânica (org. Marleide Lins de Albuquerque e Daniela Pedreira Aragão). Teresina, PI: Avant Garde Edições, 2018.

A Mulher na Literatura Latino-Americana (org. Algemira Macêdo Mendes, Marleide Lins de Albuquerque). Teresina, PI: Editora Universidade Federal do Piauí, 2018.

Mediocridade – antologia poética (org. Rosana Piccolo e Rubens Jardim). SP: Ed. Laranja Original, 2019.

Revista Cult – Antologia Poética (org. Tarso de Melo). SP: Ed. Bregantini, 2019, n. 2.

Uma pausa na luta – 70 poemas (org. Manuel Ricardo de Lima). RJ: Mórula Editorial, 2020.

Clausura – A peste pela poesia (org. Rosana Piccolo). Curitiba, PR: Editora Lobo Azul, 2020.

Dias Distantes (organização e poema, coletânea de poesia, conto, artes visuais e fotografia; reúne 23 autores/autoras, da região do ABC, ligadas à Alpharrabio). SP: Alpharrabio Edições, 2021.

Foice na carne (org. Rubens da Cunha, 7 poemas de cada um dos/das 13 poetas ligados ao Sarau das Ideias). SP: Alpharrabio Edições, USCS e Instituto Idea, 2022.

ABCDelas – poemas (org. Olga Defavari). Diadema, SP: Editora Clóe, 2022.

Feminino Infinito – 120 Poetas, Escritoras & Artistas Brasileiras (org. Paula Valéria Andrade). SP: Ed. Feminino Infinito, 2022.

Sarau Gente de Palavra (org. Cesar Augusto de Carvalho e Rubens Jardim, antologia com poemas dos homenageados no Sarau Paulista Gente de Palavra). SP: Patuá, 2023.

poesia publicada em antologias e coletâneas no exterior (algumas)

Nuevos Folios (revista literária). Asturias, Espanha, 1984 (trad. Margarita Anechina).

15 Poetas Brasileños Contemporaneos (org. e trad. Oswaldo Ventura de la Fuente). Ciudad Real, España: Edição Grupo Literário Guadiana, 1987.

Contemporary Brazilian Literature (org. Catherine D. Pass, coletânea de textos estudados no curso de Literatura Brasileira da Universidade do Colorado). EUA, 1998 (trad. Joel Swedberg).

Peregrinação – Artes e Letras da Diáspora Portuguesa. Lisboa, Portugal, n. 12 e n. 18.

O Natal na Voz dos Poetas Madeirenses. Madeira, Portugal: Associação de Escritores da Madeira e Secretaria Regional do Turismo, Cultura e Emigração, 1989.

Diez Poetas Brasileños, Revista Bohemia. Havana, Cuba, março de 1990 (trad. Felix Contreras).

Congresso de Cultura Madeirense. Madeira, Portugal: Associação de Universitários Madeirenses, 1990.

Verso L'Universo: Geometria Della Donna (org.e tradução: Vera Lucia de Oliveira). Perugia, Itália, 1993.

A Jeito de homenagem a Eugénio de Andrade (org. Joaquim Montezuma de Carvalho). Porto, Portugal: Fólio Edições (Jornal O primeiro de Janeiro), 2004.

Levadas da Madeira – Uma Antologia Literária (org. Thierry Proença dos Santos). Madeira, Portugal: IA Imprensa da Madeira, Universidade da Madeira, Funchal, 2017.

Lapinha de Poesia – Antologia de poetas madeirenses (seleção e org. Nelson Veríssimo). Madeira, Portugal: IA Imprensa da Madeira, Universidade da Madeira, Funchal, 2017.

À Janela do Tempo (org. José de Sainz-Trueva, Irene Lucília Andrade, Leonor Martins Coelho e Thierry Proença dos Santos, apreciação crítica de Jorge Augusto Maximino; conjunto de 11 poemas integrados ao volume ***Cadernos de Santiago II)***. Lisboa, Portugal: edição conjunta da Secretaria Regional de Turismo e Cultura da Região Autônoma da Madeira, Universidade da Madeira, CLEPUL – Faculdade de Letras da Universidade de Lisboa, Fundação para a Ciência e a Tecnologia, Editora Âncora, Coleção Universos, 2021.

Este imenso mar – antologia de autores contemporâneos de língua portuguesa (org. Ana Maria Martinho). Lisboa, Portugal: Instituto Camões – I.P. – Instituto da Cooperação e da Língua, 2022.

Para Filipe, Murilo, André, Iara e Catarina, meus
netos que, melhor do que eu, saberão compreender
o mundo novo que se anuncia.

"Sempre a poesia foi para mim uma perseguição do real. Um poema foi sempre um círculo traçado à roda duma coisa, um círculo onde o pássaro do real fica preso."

Sophia de Mello Breyner Andresen

opções para morrer no espaço – dalila teles veras
editora patuá – 2024
nos 500 anos de nascimento de luís vaz de camões
nos 130 anos de nascimento de florbela espanca
nos 60 anos da morte de cecília meireles
nos 50 anos do álbum ***atrás do porto tem uma cidade****, rita lee e tutti frutti*
nos 50 anos do álbum ***cantar,*** *gal costa*
nos 50 anos do álbum ***elis****, elis regina*

este livro foi composto na tipologia garamond 11/14 impresso em papel pólen 90g/m2 em maio de 2024 para a editora patuá.